LE

COMBAT DE CHATEAUDUN

ET

LA SITUATION POLITIQUE ACTUELLE

LETTRE

ADRESSÉE AU »TEMPS«

PAR

LE BARON DE STEIN

METZ
IMPRIMERIE DE LA GAZETTE DE LORRAINE

Avant-propos de l'auteur.

Le *Temps* ayant refusé l'hospitalité à la lettre que je lui avais adressée le 26 décembre dernier, je l'ai confiée à la presse allemande, parce qu'il m'a semblé inadmissible de laisser non réfutées publiquement des calomnies injurieuses lancées contre notre armée par un journal français très répandu, non seulement en France, mais aussi à l'étranger. La presse allemande, ainsi qu'un des grands journaux de Saint-Pétersbourg, ont applaudi à ma publication — mais comme ma lettre au *Temps* n'a été écrite ni pour l'Allemagne ni pour la Russie, mais pour la France, je la fais ci-après paraître en brochure, espérant que dans cette forme elle franchira tout de même les Vosges et fera connaître aux Français la vérité sur des faits si gravement dénaturés au détriment de l'armée allemande.

MEININGEN, 26 décembre 1896.

Monsieur le Rédacteur en chef,

Des affaires très urgentes m'ont empêché de vous adresser cette lettre plus tôt, mais comme elle traite de l'histoire de nos jours et de politique, elle arrivera toujours à temps.

Le *Figaro* a, dans son numéro du 17 octobre, publié un article « La défense de Châteaudun », signé Henri Houssaye, dans lequel se trouve le passage suivant :

« Ce n'était pas fini pour Châteaudun. Après le bombardement, l'exécution, la mise à sac, le pillage, l'incendie. Grâce aux obus une quarantaine de maisons brûlaient. Le général de Wittich, — à moins que ce ne fût le prince Albert ou le duc de Saxe-Meiningen, venus en amateurs, jugea que ce feu de joie était insuffisant, pour célébrer l'anniversaire de la naissance du prince royal, qui précisément tombait le 18 octobre. Méthodiquement, avec la torche et le pétrole, les Prussiens mirent le feu à deux cents autres maisons, sans bien veiller à en faire sortir les malades et les infirmes. »

Or, le grand incendie dévastateur de Châteaudun n'ayant pas eu lieu le 18 octobre à l'occasion du combat et de la prise de la ville, mais le 19 au soir, à la suite d'un vent très violent, et le Duc de Saxe-Meiningen n'ayant pris aucune part dans les dispositions de la guerre, j'ai adressé, le 29 octobre, une lettre au *Figaro* dans laquelle je lui ai communiqué une conversation que j'ai eue à ce sujet avec S. A. R. Monseigneur le Duc. Le but de ma lettre était de prouver que les affirmations contenues dans le passage ci-dessus étaient érronées.

Le 11 novembre, il a paru dans le même journal un autre article de M. Henri Houssaye, à la tête duquel il a placé ma lettre, mais il en a supprimé des parties essentielles, ce qui en a altéré le sens.

« Le *Temps*, ayant reproduit, dans son numéro du 13 novembre, ce fragment de ma lettre et ayant par là involontairement induit en erreur le grand nombre de ses lecteurs, je vous serais bien obligé, Monsieur le Rédacteur en chef, si vous vouliez avoir la bonté de publier ma lettre telle que je l'ai écrite au *Figaro* le 29 octobre.

La voici! Les lignes en gras sont celles que M. Henri Houssaye a supprimées :

« Supposant que l'article du 17 octobre dernier sur « La défense de Châteaudun » intéresserait Monseigneur le Duc, d'autant plus qu'il y est mentionné, j'ai cru devoir lui en donner connaissance. Après l'avoir lu, Son Altesse Royale me dit :

« Les Français, quand il s'agit de faire un bel article, « ne sont pas toujours très exacts dans leurs relations.

« Le *Petit Journal* a rapporté dans le temps que j'avais « donné un banquet à l'hôtel où j'avais pris mon logement à « Châteaudun et qu'avec un flambeau j'avais mis ou fait mettre « le feu aux rideaux, ce qui avait été la cause primordiale de « l'incendie fatal.

« La vérité est que je m'étais établi dans la maison d'un « fabricant dont la manufacture avait été incendiée par notre « bombardement. Une des portes de ma chambre donnait sur « une vaste pièce de cette manufacture, — en l'ouvrant, on se « trouvait devant un brasier. Mes gens se sont efforcés d'éteindre « les solives brûlantes qui touchaient à ma chambre. Mon hôte, « le fabricant, n'ayant pas eu de quoi se nourrir, je lui fis « servir ses repas par mon cuisinier.

« Si, comme l'affirme l'article du *Figaro* plusieurs maisons « ont été mises en feu par notre bombardement, le grand « incendie dévastateur n'a eu lieu que le 19, à la suite d'un « vent très violent qui s'était élevé dans l'après-midi et qui a « ranimé les flammes pas encore éteintes partout. Notre divi- « sion, campée dans Châteaudun, avait été alarmée le 19 vers « midi, parce que des troupes ennemies s'étaient montrées au « côté sud. Après notre rentrée, vers cinq heures, beaucoup

« d'édifices étaient déjà en flammes, et le soir, une grande partie
« de la ville.

« Il faut, en vérité, avoir peu de jugement pour prétendre
« qu'un officier supérieur ait fait mettre le feu à la ville, où,
« dans la nuit du 19 au 20, toute une division, ou à peu près,
« avait cherché à se mettre à l'abri des molestations très sen-
« sibles des mauvais temps. On ne met pourtant pas le feu à
« son propre gîte ! **Cette assertion aurait encore quelque sens,**
« si l'on avait prétendu que nous avions incendié la ville après
« notre départ.

« **Je ne me souviens pas au juste si dans la matinée**
« du 20 l'incendie était encore à son comble, mais à notre
« **départ il y avait encore quelques foyers, par exemple celui**
« à côté de ma chambre, qui, avec un vent s'élevant comme
« celui de la veille, eussent facilement pu faire reéclater
« l'incendie. Du fait que lors de notre départ de Châteaudun,
« le 20, une batterie avec munitions à dû se frayer le chemin
« au travers des rues brûlantes, il résulte que cet incendie nous
« incommodait fortement.

« Ce que je viens de vous dire prouve que l'allégation de
« M. Henri Houssaye « **que le général de Wittich,** à moins
« **que ce ne fût le prince Albert ou le duc de Saxe-Meiningen,**
« **venus en amateurs »,** — **jugea que le feu de joie du**
« **18 octobre était insuffisant pour célébrer l'anniversaire de**
« **naissance du prince royal, qui précisément tombait ce jour-**
« **là, et** que les Prussiens mirent méthodiquement avec la torche
« et le pétrole, **le 19, le feu à deux cents maisons, ne peut**
« **avoir qu'un caractère facétieux.** Il est bien regrettable qu'un
« historien érudit et sérieux tel que M. Henri Houssaye se prête
« à fausser l'histoire de cette manière.

« Il serait temps d'en finir avec cette légende dont la
« divulgation périodique ne peut guère avoir d'autre but que de
« tenir dans une alerte continue les ressentiments chauvinistes.

« **M. Henri Houssaye a eu également tort d'exalter le**
« **mérite de Châteaudun aux dépens d'une « grande ville voi-**
« **sine ».** Chartres, ainsi que les autres villes ouvertes sur
« le théâtre de la guerre, n'avait pu supposer que les soi-
« disant Prussiens l'investiraient. La ville n'était pas préparée

» à la défense, et les 7000 mobiles qui s'y trouvaient n'au-
« raient pas pu se retirer aussi facilement que les francs-
« tireurs à Châteaudun, qui étaient, à toute proximité de la
« ville, en possession d'un pont sur le Loir, qui leur assurait
« leur retraite sur Nogent-le-Rotrou. Avec notre cavalerie,
« forte de deux divisions, la 4ᵉ, commandée par le prince
« Albert, et la 6ᵉ, Chartres eût été complètement enve-
« loppé, et si la ville et les mobiles s'étaient défendus, leur
« sort eût été encore plus déplorable que celui de Châ-
« teaudun.

« Je crois que si Chartres n'a pas subi le sort de
« Châteaudun et qu'avant l'attaque il a été sommé de se
« rendre, c'était un peu grâce à moi. L'idée d'obtenir cette
« ville sans coup férir s'est développée en route entre Châ-
« teaudun et Chartres, je suppose parce que j'ai insisté
« auprès du général de Wittich de ménager cette ville avec
« son dôme incomparable et d'empêcher qu'on verse du sang
« inutilement. Du reste, non seulement moi, mais tous ceux
« auxquels j'en avais parlé étaient très impressionnés des
« horreurs de Châteaudun et plaignaient cette malheureuse
« ville dont l'imprudence de son maire l'a plongée dans la
« ruine et a coûté la vie à tant de personnes, — pour arrêter
« d'un jour la marche de notre division, sans le moindre avan-
« tage pour les opérations de l'armée française. »

« Voilà comment Monseigneur le Duc s'est expliqué!

« Je crois vous rendre service, Monsieur le Rédacteur
en chef, en vous communiquant le récit de Son Altesse Royale.

« Veuillez recevoir, etc. »

M. Henri Houssaye, ayant — en reconnaissant, dans son
article du 11 novembre, que « le duc de Meiningen est bien
servi de sa mémoire en ce qui le concerne personnellement »
— révoqué les allégations qu'il avait avancées sur la participation de Son Altesse Royale à l'incendie de Châteaudun, je
ne parle plus ici comme l'interprète de Monseigneur. C'est
au nom de l'équité et de la science que je parle, mais de
cette science qui ne connaît ni frontières ni différence de lan-
gues, ni les affections ni les haines des peuples, qui ne connaît qu'une chose: la recherche de la vérité. C'est en leur nom

aussi que je vous prie, Monsieur le Rédacteur en chef, de m'ouvrir, pour ce que je vais dire, les colonnes du *Temps*.

Si les articles de M. Henri Houssaye émanaient d'un milieu inférieur, incapable d'en juger la portée, et si M. Henri Houssaye était le premier venu, je me dispenserais de le réfuter. Mais M. Henri Houssaye est quelqu'un, — c'est un homme de science, une autorité sur le terrain de l'histoire, un des quarante immortels de l'Académie française, cela change la question. Des articles de sa plume, comme ceux du 17 octobre et du 11 novembre, pourraient facilement, si on les acceptait tacitement, devenir en France des documents historiques. *Qui tacit consentit.*

Y ayant trouvé pas mal de déviations de la réalité, je ne puis les laisser passer en silence.

L'une des choses les plus essentielles que l'on exige d'un document historique, c'est la reproduction diplomatiquement exacte des sources dont on se sert pour appuyer sa thèse. En isolant une phrase d'un long contexte, auquel unie seule elle rend le sens précis de ce que l'auteur a voulu dire, on arrive souvent à engendrer dans le lecteur des notions toutes différentes. Je suivrai M. Henri Houssaye dans la reproduction des « témoignages des auteurs mêmes de l'incendie de Châteaudun », en y ajoutant toutefois quelques uns dont il me semble indispensable de prendre connaissance. En comparant aux textes originaux les entrefilets que M. Henri Houssaye en a extraits, je m'imagine que le lecteur arrivera à des conclusions toutes différentes de celles auxquelles il était arrivé après avoir lu ses articles. Mais auparavant, pour bien comprendre ces témoignages, il faut que nous reconstruisions les conditions dans lesquelles Châteaudun s'est trouvé avant le 18 octobre 1870 et ce jour même.

Châteaudun, avant le 18 octobre, était une ville ouverte. Ville ouverte signifie, selon Littré, une ville qui n'est pas fortifiée, c'est-à-dire une ville dépourvue de moyens de défense, qui est ouverte à l'armée ennemie comme à l'armée indigène, une ville dont les habitants ne prennent aucune part aux hostilités.

Ce n'est pas ainsi que les troupes allemandes ont trouvé Châteaudun. M. Henri Houssaye, dans son article du 17 octobre, raconte lui-même les préparatifs que les habitants ont faits pour transformer la ville ouverte en ville fortifiée. Sa description correspond parfaitement à celle des auteurs des Historiques prussiens, hommes du métier. Cédons-leur la parole.

Châteaudun transformé en ville fortifiée.

Historique du 83e régiment.

« Châteaudun, un vrai nid de rocher, avec des fortifications bien conservées datant du moyen âge, entouré de nombreux murs et de haies épaisses, situé sur une hauteur, est extrêmement propre à une défense soutenue. Des talus raides et rocheux, et le Loir coulant serré à leurs pieds, circonscrivent la ville vers le nord, — vers l'est un remblai jusqu'auquel des murs et des jardins s'étendent, le garantit très bien contre une attaque de ce côté-là. De plus, la ville venait d'être fortifiée selon toutes les règles de l'art, pourvue de fortes barricades et de murs crénelés, et fut divisée en différentes sections de défense. »

Historique du 95e régiment.

« Lipowski, qui tenait Châteaudun avec 1200 francs-tireurs et qui avait disposé la ville pour la défense, fut vigoureusement soutenu par les habitants. Châteaudun en comptait 7000 à peu près. Il avait divisé la ville en différentes sections et fortifié chacune par des barricades très bien construites. Une grande barricade, spécialement, qui fermait la grand'rue qui conduit tout droit au centre de la ville, la place du marché, construite de grosses pierres de taille et de troncs d'arbres couverts d'épaisses couches de terre, était si forte que, contre elle, le feu d'artillerie même fut peu efficace. Cette barricade n'était pas loin de la place du marché, et le pavé devant elle avait été détruit et couvert de tessons, pour rendre la rue aussi impraticable que possible. »

Le 18 octobre, Châteaudun était donc devenu une place forte et avait par là renoncé au privilège d'une ville ouverte, renoncé volontairement sans y avoir été contraint par une force majeure.

Les Châteaudunois sont les agresseurs.

Historique du 94e régiment.

« Les têtes des hussards, lorsqu'elles s'approchaient de Châteaudun, reçurent des coups de feu d'une ferme en deça du chemin de fer. Un bataillon du 95e s'avança, au nord de la chaussée, vers cette ferme. L'ennemi la quitta, se retira vers la levée du chemin de fer et ouvrit son feu de là et de la gare. Une batterie à grande puissance s'établit au nord de la chaussée et réussit, par son feu d'obus, à faire évacuer la gare, qui, ainsi que quelques maisons isolées devant la ville, fut occupée par le 95e. »

M. Henri Houssaye confirme dans son article du 17 octobre que les francs-tireurs étaient les agresseurs. « Une compagnie prussienne, dit-il, s'avance vers la ferme de Mondoucet, une autre vers la Tuilerie. Reçus par une vive fusillade, les Prussiens se replient sans insister. »

Nous venons de voir à quel point l'assertion que les « Prussiens se replièrent sans insister » est exacte.

Les Châteaudunois tirent sur le parlementaire prussien.

Journal du général de Wittich.

« J'avais chargé le colonel de Heuduck de se rendre dans la ville pour traiter avec elle. Il fut reçu, des maisons et des barricades, par un feu de mousqueterie. »

Historique du 94e régiment.

« Le lieutenant-colonel de Heuduck, par ordre du général commandant la division, s'approchait de l'entrée est de la ville pour traiter avec elle; quoiqu'il se fît connaître comme parlementaire, on tira sur lui. »

Le combat.

Récit général. Journal du général de Wittich.

« Les troupes, en s'avançant, se heurtèrent de tous les côtés contre la résistance la plus acharnée. Le régiment de

hussards couvrit le flanc droit de la division, du côté de
Marboué et de Donnemain, la brigade de cavalerie de Hont-
heim couvrit, du côté de Cloyes, le flanc gauche, la 44e brigade resta en réserve sur la chaussée. Le colonel de Heuduck
introduisit aussitôt dans la ville un canon à grande puissance
de la batterie établie sur la chaussée d'Orléans. Quoique cette
pièce perdît quelques hommes et quelques chevaux, elle réussit
tout de même à entrer en action en dirigeant son feu contre
la barricade de la grand'rue.

« J'ordonnai à l'artillerie de préparer l'attaque. A l'aile
droite, la batterie prussienne à grande puissance Kühne I fut
mise à la disposition du colonel de Kontzki; à l'aile gauche,
la batterie bavaroise à grande puissance fut mise à la disposition du colonel de Förster; au centre, devant les trois
batteries légères, je dirigeai le combat moi-même. Après un
bombardement prolongé, l'infanterie reçut l'ordre de pénétrer
de nouveau dans l'endroit. Des difficultés imprévues s'y oppo-
saient. Les nombreuses barricades étaient construites non
seulement de manière à être à l'abri de l'escalade, mais aussi
très artistiquement. Quoique le feu fût visiblement très efficace, la résistance tenace de l'ennemi dut être rompue par
l'infanterie. Vers quatre heures, j'ordonnai de tous les côtés
l'assaut. Le premier bataillon du 94e fut mis à la disposition
du colonel de Kontzki, le bataillon des fusiliers à celle du
colonel de Förster; la troisième compagnie des pioniers se
joignit au 32e et rendit des services importants en perçant
les murs des jardins et des maisons. Le bataillon des fusiliers
du 94e fut entièrement employé à l'aile gauche pour balayer,
des détachements ennemis, le terrain fourré près la Varenne
et pour avancer de là vers la ville. Les murs très forts des
jardins l'empêchaient d'y entrer. La batterie Olivier s'établit,
à portée de fusil, à la droite de ce bataillon et eut beaucoup
de succès. En dépis des pertes nombreuses, elle s'y maintint,
même quand, pendant quelque temps, les munitions faisaient
défaut. Un peloton détaché de cette batterie, sous les ordres
du lieutenant Wiedemann, se plaça, durant cet intervalle, à
côté des canons et entonna la chanson « La garde sur le
Rhin ». L'infanterie, soutenue par le feu des batteries légères,

poussa en avant, — une de ces batteries fut encore détachée à l'aile droite. L'incendie avait éclaté en plusieurs endroits, et beaucoup de maisons furent réduites en ruines. Peu avant la tombée de la nuit, deux compagnies du 83e sous les ordres du lieutenant de Stamford furent dirigées, à travers le viaduc, à l'est, vers le cimetière. Le reste du 83e, sous les ordres du colonel de Marschall, avança, comme réserve, sur la chaussée d'Orléans jusqu'aux premières maisons de la ville. Lorsqu'il commençait à faire nuit, l'infanterie avait déjà pris plusieurs barricades. Le combat prit une tournure favorable, mais les têtes rencontrèrent sans cesse de nouveaux obstacles et une résistance acharnée. Après que, d'abord, la 3e batterie légère Gossler avait été envoyée à l'aile droite et qu'ensuite la 3e batterie à grande puissance Kühne avait été relevée par la 4e batterie légère Heppe, l'artillerie fut retirée aux fermes les plus proches de Châteaudun, où elle bivouaqua et compléta ses munitions autant que les provisions des colonnes le permettaient. La batterie Olivier resta à l'aile gauche. Moi-même je me rendis à la réserve à l'entrée de la ville. De tous les côtés j'envoyai l'ordre de continuer l'attaque sans interruption, de tirer le moins possible, mais de donner l'assaut avec hourra. Presque chaque maison devait être prise par les armes; **à cette occasion beaucoup d'entre elles prirent feu.** Vers 3 heures, les têtes des différentes colonnes d'attaque se rencontrèrent sur la place de la Mairie, et la défense cessa. Le comte Lipowski et les francs-tireurs quittèrent l'endroit dans une fuite confuse, le gros se dirigea, par St-Jean, vers Nogent-le-Rotrou. Une lettre qu'on intercepta plus tard disait que les francs-tireurs avaient perdu 14 officiers et 150 hommes. Nous fîmes à peu près 150 prisonniers, les armes à la main. De nombreux morts, francs-tireurs, gardes nationaux et paysans armés, gisaient dans les rues et dans les maisons, dans lesquelles beaucoup furent brûlés, car on ne pouvait penser ni à éteindre ni à sauver. A l'aube, je fis mon entrée complète, j'occupai l'endroit et fis cantonner les troupes...... Dans la ville, le feu se répandit de plus en plus, attisé par un vent frais. Toute la partie à l'est de la mairie ne fut finalement qu'une mer de flammes. . . .

« Pour la participation des habitants au combat, j'avais demandé 400 000 fres., mais 22 000 seuls pouvaient être obtenus. Une grande quantité d'armes et de caisses de munitions entières pour les fusils Remington et Snyder furent détruites. J'ai déjà dit que le lieutenant-colonel comte Lipowski commandait dans Châteaudun, — les francs-tireurs de Paris, 1500 hommes, formaient le noyau de ses forces (une espèce de drapeau avec une tête de mort avec la devise : « Vaincre ou mourir », fut trouvé), puis 2000 gardes nationaux et mobiles, et des milliers d'habitants de Châteaudun et des environs avaient pris part au combat. L'après-midi, les troupes à Châteaudun et des endroits avoisinants furent alarmées par les avant-postes du côté de Cloyes. L'ennemi avait fait une reconnaissance avec environ deux compagnies et un escadron. La division, sauf l'avant-garde près de Marboué, fut réunie très vite au sud de Châteaudun. L'ennemi se retira bientôt et promptement sur la Chapelle ; les patrouilles de cavalerie le suivirent au delà de cet endroit. Après que j'eus fait quelques changements dans l'établissement des replis, la division rentra dans Châteaudun. **L'incendie s'y était étendu de plus en plus,** seulement la partie à l est de la mairie fut épargnée, où tous les habitants se rendirent, parce que je ne leur permettais pas de passer les avant-postes. »

Il résulte de ce récit que les troupes, à leur rentrée dans Châteaudun, ont trouvé que l'incendie s'était étendu de plus en plus **pendant leur absence.**

Récits détaillés.

Historique du 94e régiment.

« La 2e compagnie, suivie de la 3e, avait en ce temps, en partie à l'aide d'un escalier de pierre, gravi les raides talus vers la ville et y trouva la 4e derrière la barricade. L'ennemi n'avait pas attendu la charge à la baïonnette et s'était retiré de la première à la seconde ligne de défense. Le soldat exaspéré, **dans la première impétuosité du combat,** ne fit pas grâce. **La mort le menaçait de chaque fenêtre, de chaque soupirail ; on précipitait sur lui des poutres et des pavés.**

« Il était près de sept heures du soir. L'anneau de pierre, formé par les retranchements, était percé presque partout, mais le combat fut loin d'être terminé. De nouvelles barricades fermaient le chemin qui menait vers la ville. Les maisons étaient transformées en forteresses et vomissaient leurs coups de feu sur ceux qui avançaient. Ne voulait-on pas faire décimer dans un combat de rues les soldats de la division, il ne restait qu'un seul moyen de chasser l'ennemi de ses **bastions** : c'était d'allumer les maisons. L'ennemi commençait à céder et, pas à pas, les troupes allemandes avancèrent vers le centre de la ville.

« En dépit de la nuit, le lieu du combat était éclairé à jour par les flammes des maisons incendiées. Des rues entières formaient une mer de flammes, un immense nuage de fumée, vivement illuminé, planait au-dessus de la ville. Le fracas des maisons croulantes, les lamentations des habitants, les gémissements **des blessés**, les cris de **détresse** des vivants enterrés sous les décombres, se mêlaient aux cris sauvages des **combattants**. Dans les rues gisaient les morts, dans les maisons et **près des foyers d'incendie**, des cadavres carbonisés et rôtissants. »

L'entrefilet de M. Henri Houssaye : « Il était près de sept heures du soir. Si l'on ne voulait nous faire décimer dans un combat de rues, il ne restait qu'un moyen de chasser l'ennemi de ses **positions**, c'était d'allumer les maisons.... Des rues entières étaient en flammes. Le soldat exaspéré dans les **premiers moments** ne fit pas grâce.... **Dans les maisons incendiées les cadavres rôtissaient.** »

Ce n'était pas aux premiers moments, **mais dans la première impétuosité** du combat que les soldats exaspérés ne firent pas grâce, parce qu'ils étaient, **de chaque fenêtre et de chaque soupirail, menacés de la mort, et parce qu'on jetait sur eux des poutres et des pavés.**

Le lecteur de l'émouvant récit de l'auteur de l'historique aura sans doute compris qu'il s'agissait des blessés, des vivants enterrés, des morts et des cadavres rôtissants **près des foyers d'incendie**, des **combattants**, c'est-à-dire autant des Allemands que des Français. M. Henri Houssaye, en extrayant seulement la phrase « dans les maisons les cadavres rôtissaient » a voulu que l'on comprît que seulement les cadavres français rôtissaient.

Dans l'entrefilet de M. Henri Houssaye, supposé être extrait de l'historique du 83e régiment : « Il n'y avait qu'un moyen : incendier la ville. **Vers six heures, le colonel Kontzki avait déjà donné l'ordre de mettre le feu à toutes les maisons situées entre la gare et la rue de Chartres...** Après la prise des barricades, les rues ne tardèrent pas à former un océan de flammes », *le passage souligné ne se trouve ni dans l'historique du 83e régiment ni dans ceux des trois autres régiments qui ont pris part au combat de Châteaudun, et pourtant M. Henri Houssaye s'y appuie dans ses conclusions.*

Historique du 83e régiment.

« Après une courte halte, nous cherchâmes, pour avancer, de nous glisser, tant bien que mal, le long des murs, mais arrivés à cent pas environ de la barricade, nous en reçûmes, ainsi que des maisons à droite, à gauche et par derrière, un feu si meurtrier que nous dûmes, pour reprendre le combat à fusil, nous retirer au cimetière, à cent cinquante pas de la barricade. Comme la position de l'ennemi était dérobée à notre vue par l'obscurité profonde, il nous fallait, avant tout, voir. A la fin, en faisant tous les efforts, quelques-uns de nos gens réussirent à mettre le feu à deux maisons. »

C'est évidemment l'incident du sous-officier Hormel. Entendons le lui-même :

Journal du sous-officier Hormel.

« Quand le soldat voit, au grand jour, un ennemi devant soi, même un ennemi supérieur, il l'attaque bravement, mais quand l'ennemi s'approche furtivement, sur des chemins à lui seul connus, dans les ténèbres de la nuit et un craquement, tantôt à droite, tantôt à gauche, nous le trahit, il faut user de tout son courage pour attendre, avec calme, l'attaque de l'ennemi.

« Il nous fallait, avant tout, voir clair, et comme l'illumination à gaz manquait ce jour à Châteaudun, nous dûmes tâcher de nous aider d'une autre manière, et nous nous aidâmes, en effet, par un moyen bien simple, pas seulement permis, mais imposé même par les exigences de la guerre. Avec tous les efforts, quelques-uns de nos gens parvinrent, après quelque temps, à allumer deux maisons près de la barricade qui bientôt furent en flammes et éclairaient ainsi la rue à jour. »

L'entrefilet de M. Henri Houssaye : « Comme l'éclairage à gaz manquait, nous dûmes employer l'unique moyen que les exigences de la guerre non seulement permettent, mais imposent : incendier les maisons. »

Et M. Henri Houssaye ajoute : « **Cette façon d'éclairer les rues me paraît tout à fait néronienne.** »

En laissant ignorer la situation terrible qui avait contraint les soldats allemands à allumer **deux** maisons, et non **les** maisons, M. Henri Houssaye, surtout en y ajoutant sa remarque frivole, a engendré dans le lecteur la fausse idée que les soldats ont mis le feu, ad libitum et en général, aux maisons de Châteaudun par la seule raison que le gaz y manquait.

Nous verrons plus tard ce que le droit de la guerre pense de ce jugement **néronien** de M. Henri Houssaye.

Historique du 32ᵉ régiment.

« Les compagnies se frayèrent un passage par-dessus des chars, des tessons et des barricades, et pénétrèrent dans les maisons. La compagnie des pionniers s'efforçait à rendre les barricades praticables, et, par là, facilita aux nôtres, en déblayant les enclos et en perçant les murs des maisons, à pénétrer dans celles-ci et dans les cours.

« Comme les français se défendaient avec un acharnement extrême et que les coups de feu incessamment déchargés des maisons sur nos troupes les menaçaient, en continuant le combat, d'un grand danger, on employa le moyen d'incendier les maisons pour en chasser l'ennemi. Dès ce moment, il commença à céder et les compagnies avancèrent, pas à pas, vers le centre de la ville. »

L'entrefilet de M. Henri Houssaye : « Nous dûmes, pour mettre fin au combat, incendier les maisons. »

Souvenirs de la guerre.

Par M. K. ZEITZ, volontaire de guerre.

L'ouvrage allemand sur la guerre franco-allemande le plus populaire.

« J'aperçus de la lumière au second étage d'une maison angulaire qui avait pris feu. Il s'y trouvait donc encore des habitants! Vite, je sautai dedans. « Où voulez-vous aller? » me crie mon lieutenant. « Avertir les habitants. » « Vous vous ferez encore assommer dans les maisons. » En tâtonnant je montai l'escalier obscur et criai aux français de se sauver, mais rien ne bougeait. « Descendez vite! L'escalier commence à brûler! » se fit entendre la voix du lieutenant. Une des portes donnant sur le corridor du rez-de-chaussée avait sauté et les flammes en jaillirent impétueusement. C'était le plus haut temps que j'en sortisse. De la rue, je vis que la lumière dans les chambres d'en haut s'était éteinte, peu après la maison était en flammes, bientôt réduite en cendres. Impossible de s'en sauver!

« La résistance était surtout très opiniâtre dans une rue qui montait assez raidement vers la place du marché. « En avant là! » D'autres détachements, mêlés avec ceux du 95°, étaient accourus de tous les côtés — nous attaquâmes ensemble. Il fallait traverser un endroit vivement éclairé par les flammes, de l'autre côté il faisait nuit close. A peine y avions-nous mis les pieds, que nous reçûmes des maisons à l'obscurité, à droite et à gauche de la rue, un feu des plus violents. Un officier et plusieurs gens tombent. Sur qui tirer? Nulle part on ne voit l'ennemi, et tout de même il nous fait sentir son feu rudement. « En avant! » Le feu devient de plus en plus meurtrier, quelques-uns de nos gens hésitent, ils se replient, nous nous y opposons. « En avant! » Mais la rue est trop escarpée, impossible de les arrêter. Les balles de l'ennemi sifflent sans cesse autour de nos oreilles, les coups de fusil, à droite, à gauche et autour de nous, sont déchargés sur nous presque à bout portant; je me jette à bras ouverts à la rencontre des fléchissants, en vain, le coup est manqué, il nous faut céder le terrain. Les rues sont jonchées de blessés. « Il faut les mettre à l'abri. » Le lieutenant W., le volontaire d'un an W. et moi avançons. Mais à peine atteignons-nous l'endroit éclairé, que nous sommes reçus par une salve — nous réussissons tout de même à nous emparer des blessés. « En avant derechef! » La lutte recommence, les Français se replient jusque vers la place du Marché, là ils opposent la dernière résistance serrée. Quelques-uns d'entre eux viennent, en chantant la *Marseillaise*, à notre rencontre. Ils sont enfin mis complètement en déroute, on n'entend plus que des coups de fusil isolés.

« Comme amis et ennemis se mêlaient dans les rues et que nous aurions pu tirer sur les nôtres, on ordonna d'arrêter le feu. Les troupes bivouaquèrent où elles se trouvaient, dans les rues et sur les places.

« Un combat cruel et sauvage prit fin. Nous aussi nous fûmes surpris par la spécialité du combat, nous n'avions jamais vu une telle boucherie. La résistance exigeait l'attaque, nous rendîmes ce que nous avions reçu. Les Français prétendent que le combat de Châteaudun était une de nos plus grandes atrocités, nous aurions bombardé la ville ouverte. Châteaudun n'était alors point de ville ouverte. Il était indifférent si les fortifications dataient d'un siècle ou de quelques heures. La chose principale était que la ville nous fermât le chemin et qu'elle nous résistât les armes à la main. Devions-nous rebrousser chemin parce que Châteaudun est marquée sur la carte géographique comme ville ouverte et qu'il se défendait néanmoins? Devions-nous renvoyer notre artillerie parce qu'elle témoignait de notre supériorité? Des habitants, des femmes même, avaient pris part au combat. On les trouva derrière les fenêtres et les meurtrières tuées par des coups de fusil. »

Historique du 95e régiment.

« Vers trois heures du matin (le 19) seulement les coups de feu cessèrent dans la ville, et il paraissait que l'ennemi évacuât à cette heure la place si vaillamment défendue. A quatre heures du soir la division fut alarmée, on disait que l'ennemi approchait. Le régiment prit position sur une hauteur à l'ouest de la ville, mais ne vit rien de l'ennemi et rentra dans ses quartiers. Vers six heures, un vent très violent ranima le feu des foyers et causa un incendie qui ne le cédait en rien à celui de la veille, ni en étendue, ni en force destructive. Aussi la pluie qui survint vers huit heures ne pouvait, dans ces tristes circonstances, être considérée que comme un bienfait.

« Heureux de quitter cette ville terrible, le régiment se rangea, le 20 octobre, à quatre heures du matin, à l'issue septentrionale du faubourg St-Jean. A cinq heures on se mit en marche, la division avança en deux colonnes, la 4ᵉ brigade en formait l'aile gauche. Il faisait encore tout à fait nuit, le ciel était couvert de nuages noirs et les flammes, à Châteaudun, y montaient de plus fort en plus fort. Ce fut une matinée bien lugubre. »

Le résultat.

Le 32ᵉ régiment dans la campagne contre la France en 1870-71.

Par le général de Schmidt.

« Si l'on se demande quel service cet exalté patriotisme français a, par la défense toutefois héroïque de Châteaudun, rendu à son pays, la réponse n'est guère satisfaisante pour les héros de la guerre jusqu'au couteau.

« Une ville florissante fut en grande partie mise en ruines et réduite en cendres, ses habitants furent jetés dans la plus grande misère, et cela pour arrêter une division prussienne d'un jour sans lui causer de pertes sensibles. »

Résumons :

1. La ville ouverte de Châteaudun fut, à l'approche des troupes allemandes, fortifiée et mise en état de défense pour s'opposer à leur entrée ;

2. la garnison de Châteaudun, en attaquant les troupes allemandes avant qu'elles ne déchargeassent un seul coup de fusil, a, par cette action, provoqué le combat ;

3. le général commandant les troupes allemandes prévoyant les malheurs qu'une défense de la ville attirerait sur elle, lui a envoyé un parlementaire afin de traiter avec elle, à son approche il fut reçu par des coups de fusil ;

4. les Châteaudunois, en se défendant avec acharnement derrière les murs et les barricades, en tirant et en

jetant des poutres et des pavés sur les assaillants, ont inévitablement rendu au combat un caractère de cruauté mutuelle;

5. les assaillants, pour protéger leur vie, ont été contraints, pendant le combat, de mettre le feu à quelques maisons. Cette destruction a été commandée par une impérieuse nécessité de guerre;

6. le combat a pris fin, le 19, après trois heures du matin, et non, comme M. le maire Lumière l'a rapporté à Gambetta, le 18 vers neuf heures et demie ou dix heures du soir, où l'on n'aurait « plus entendu que des coups de fusil isolés tirés par les Prussiens embusqués ».

Les assaillants n'étaient pas embusqués, mais les défenseurs l'étaient derrière les murs crénelés et dans les maisons;

7. le 19, dans l'après-midi, alarmés par la nouvelle que des détachements français se montraient du côté de Cloyes, les Allemands sont sortis de Châteaudun. Pendant leur absence, où il n'y avait point de troupes dans la ville, l'incendie, ranimé à la suite d'un vent très violent, s'est étendu presque sur tout Châteaudun, de manière qu'à leur rentrée les troupes allemandes en ont trouvé la plus grande partie en flammes.

Monsieur Henri Houssaye, qui a invoqué lui-même l'autorité des témoignages des historiques allemands, tout en sachant qu'ils étaient en contradiction avec les témoignages des Français, ne peut guère maintenant, pour la raison qu'il en a fait des extraits incorrects et tendancieux, en renier l'authenticité.

Pour qu'il n'y ait plus le moindre doute que les Allemands, le combat fini, n'ont pas allumé des maisons à Châteaudun, ni deux cents ni aucune, je vous présente ci-joint, Monsieur le Rédacteur en chef, un document signé devant notaire par les officiers et soldats demeurant à Meiningen qui ont pris part au combat de Châteaudun.

Ce document dit :

Meiningen. 19 novembre 1896.

« **Nous, soussignés, qui avons pris part, comme officiers et soldats, au combat de Châteaudun, le 18 octobre 1870, déclarons sur notre honneur et notre foi qu'à notre escient aucune mise à feu d'édifices n'a eu lieu et n'a pas même été tentée après la fin du combat, c'est-à-dire depuis le matin du 19 octobre, d'autant moins qu'il était dans l'intérêt des troupes de conserver les locaux qui pouvaient leur servir de gîte.**

P. DE SCHMIDT
Général major en disponibilité,
durant la campagne capitaine au
32e régiment.

WIPPERT
Ancien lieutenant-colonel,
durant la campagne major et chef
de bataillon au 95e régiment.

DE KUTZLEBEN
Major et aide-de-camp de S. A. R.
Mgr le duc de Saxe-Meiningen, au
18 octobre 1870, enseigne, faisant
fonction d'officier dans le 32e régiment.

FRITZE
Chef-architecte ducal,
durant la campagne vice-sergent-
major, faisant fonction d'officier
dans la 6e compagnie du 95e régiment.

K. ZEITZ
durant la campagne volontaire de guerre dans le 32e régiment.

Ce document met fin à toute discussion à ce sujet.

L'assertion que les Prussiens ont mis le feu aux maisons « méthodiquement, avec la torche et le pétrole » ne vaudrait pas la peine d'être contestée, si elle n'était pas crue en France. On devrait penser qu'avant d'affirmer une chose, on se rend compte de la possibilité ou même de la probabilité de la chose affirmée. A-t-on jamais vu durant la guerre franco-allemande, les soldats allemands porter sur eux des torches ou du pétrole, ou qu'ils aient fait transporter ces combustibles avec eux? Dans le cas présent, la 22e division, en avançant vers Châteaudun, ne s'attendait point à y trouver de la résistance et fut complètement prise au dépourvu quand l'officier, envoyé en avant pour faire une reconnaissance vers la ville, revint avec la nouvelle qu'elle était fortifiée et préparée à la défense.

Une ville ouverte, située sur le théâtre de la guerre, qui attaque une troupe ennemie, se met en état de défense et dont les habitants s'engagent dans une lutte acharnée, ne doit pas s'étonner qu'elle attire sur elle tous les foudres de la guerre.

Le général du Barail opine dans *Mes souvenirs* (v. I. p. 365) que la population d'une ville ouverte n'a droit à la protection du droit des gens que tant qu'elle reste neutre.

Voyons ce qu'en dit le droit de la guerre moderne!

Il n'y a pas de droit de la guerre international accepté par traités. Il y a cependant quelques principes établis par traités, entre autres celui concernant le droit maritime (Paris 1856), la convention de St-Pétersbourg (1868) qui interdit l'usage des armes explosives, la convention de Genève (1864) concernant la Croix rouge. Il y a d'autres principes qui, de commun accord ou d'usage, sont reconnus obligatoires. L'inviolabilité des parlementaires en fait partie.

Mais faute d'un droit international faisant loi commune, il y a des points d'appui qui permettent de juger quelles sont aujourd'hui les règles approuvées, adoptées même, par la majorité des grandes puissances, sinon par toutes.

Pour que les armées fédérées des Etats-Unis de l'Amérique du Nord traitassent sur le même principe les troupes confédérées, le gouvernement à Washington codifia, en 1863, des articles du droit de la guerre et les publia sous le titre « Instructions pour les commandements des armées des Etats-Unis en campagne (Government of armies of the United States in the field). L'article 15 de ces instructions dit:

« La nécessité militaire admet toute destruction de la vie des ennemis armés et des autres personnes dont la destruction, dans les luttes armées de la guerre, est incidemment inévitable; elle permet la capture de chaque ennemi armé et de chaque ennemi d'importance ou de danger particulier pour le capteur; elle permet la destruction de la propriété, des barrages des routes et des canaux de commerce, de voyage ou de communication, et la retenue des subsistances et des moyens d'existence, l'appropriation, pour l'entretien et la sûreté de l'armée, de tout ce que le pays de l'ennemi produit . . . . . . »

L'Institut du droit international qui se compose des professeurs de droit public les plus éminents du monde civilisé, et qui a pour but de favoriser les progrès du droit international, en travaillant à formuler les principes généraux de la science et en poursuivant la consécration officielle qui auront été reconnus comme étant en harmonie avec les besoins de la société moderne, a publié, en 1880, un manuel : « Les lois de la guerre sur terre. » Le premier article en dit :

« L'état de guerre ne comporte des actes de violence qu'entre les forces armées des Etats belligérants.

« Les personnes qui ne font pas partie d'une force armée belligérante doivent s'abstenir de tels actes. »

Art. 33. « Le commandant des troupes assaillantes doit, sauf le cas d'attaque de vive force, faire, avant d'entreprendre un bombardement, tout ce qui dépend de lui pour en avertir les autorités locales. »

Quoique les troupes allemandes aient été attaquées de vive force, le général de Wittich a, néanmoins, envoyé un parlementaire dans la ville, pour l'avertir du sort qui l'attendait en continuant la résistance. Ce parlementaire fut reçu par des coups de fusil, ce qui rendait toute transaction impossible.

Ce n'était, par conséquent, pas le général de Wittich, commandant les troupes allemandes à Châteaudun, mais la population de Châteaudun qui a enfreint les lois de la guerre.

Les troupes allemandes, en n'incendiant que les maisons dont la destruction, durant le combat, était commandée par une impérieuse nécessité de guerre, en ne faisant pas grâce dans la première impétuosité du combat, et en disposant, pour subvenir à leurs propres besoins, des vivres appartenant aux habitants, **n'ont également pas dérogé aux lois de la guerre.**

Selon le général du Barail, le général de Wittich eût été autorisé à faire fusiller tous les combattants qui ne faisaient pas partie de la force armée et qui, après le combat, furent pris les armes à la main. En s'y abstenant et en traitant ces prisonniers à l'instar de ceux qui appartenaient à la force armée, le général de Wittich a non seulement fait preuve d'un sentiment d'humanité qui lui fait honneur, mais il a, en agissant ainsi, devancé l'Institut de droit international, dont le manuel, art. 2, 4, dit : « Les habitants du territoire non occupé qui, à l'approche de l'ennemi, prennent les armes spontanément et ouvertement pour combattre les troupes d'invasion, même s'ils n'ont pas eu le temps de s'organiser, sont compris dans la force armée d'un État. »

C'est avec une vive satisfaction que j'oppose ces faits aux calomnieuses attaques dirigées contre ce brave et vaillant général.

Le maire et le Conseil municipal de Châteaudun avaient été avertis par le chef des francs-tireurs, comte Lipowski, des conséquences que la ville encourrait en se défendant. « Quelques ennemis seront mis hors de combat, leur avait-il dit, mais sans utilité pour la défense nationale, et la ville sera ravagée et incendiée. » Et néanmoins ils ont bravé les troupes allemandes en les faisant attaquer les premiers.

Quoique M. Henry Houssaye se défende d'avoir, dans ses articles dans le *Figaro*, eu l'intention de périmer les ressentiments chauvinistes, il est difficile, après l'examen que nous venons d'en faire, de croire qu'il ne se soit pas rendu compte de l'excitation que ces articles, émanant de la plume d'une personne de sa situation, produiraient sur les classes hostiles à l'Allemagne.

Il m'est, en effet, parvenu un journal départemental qui, ne doutant pas de l'exactitude des extraits des historiques faits par M. Henri Houssaye, déverse, en deux numéros, sa bile vénimeuse contre les troupes allemandes et contre le duc de Saxe-Meiningen.

Si M. Henri Houssaye n'avait pas supprimé cette partie de ma lettre au *Figaro*, dans laquelle Monseigneur le duc exprime ses sentiments sur la catastrophe de Châteaudun, il eût été impossible que le public se méprît de l'attitude du duc durant son séjour dans cette malheureuse ville. Le fait est que Son Altesse Royale, de concert avec feu le prince Albert de Prusse, avait obtenu du général de Wittich que les prisonniers qui se trouvaient dans un pitoyable état, entassés dans une fosse hors de la ville, fussent remis à son aide-de-camp qui, après les avoir examinés, leur fit trouver un meilleur abri.

Quant au prince Albert, sur le compte duquel le lieutenant-colonel Ledeuil met, dans son livre l'incendie du « Grand-Monarque », imputé auparavant au duc de Saxe-Meiningen, son ancien aide-de-camp, M. le général de Hagen, vient de publier dans la revue de la *Deutsche Zeitung* (Gazette Allemande) une réfutation indignée. Par son journal il prouve que le prince, commandant la 4e division de cavalerie, qui n'était arrivée, le 19 au matin, qu'au delà de Villampuy et n'avait pas pris part au combat de Châteaudun, s'était rendu dans la ville seul avec sa suite, et ne s'y était arrêté que peu, sans descendre à un hôtel quelconque. « Si l'auteur », dit le général de Hagen, « a eu l'intention d'écrire pour le public distingué de la France, il aura probablement peu de succès avec son « histoire », car le Français distingué, auquel une estime mutuelle nous unit, sait aussi bien que tout Prussien qu'un prince de la maison de Hohenzollern ne peut, en aucun cas, agir comme la phantaisie exaltée et égarée de M. Ledeuil se l'est imaginé. Si le prince était entrée dans Châteaudun à la tête de ses cavaliers, il aurait, avec leur aide, cherché à éteindre l'incendie, mais pas à le rallumer, comme M. Ledeuil prétend. Aucun officier, Prussien ou Français, ne lui croira cela. A la vue de cette dévastation, le prince observa qu'à la guerre de 1866 on n'avait rien vu de pareil. Il en fut tellement impressionné qu'il ne vint pas à dîner ce jour-là, disant qu'il ferait un mauvais compagnon de table, car — quoiqu'il s'efforçât de penser à autre chose — la lugubre image de Châteaudun lui apparaissait toujours. »

Si l'on compare aux historiques allemands les produits de la presse française, on ne peut s'empêcher d'être frappé des contrastes. D'un côté, pas un mot blessant, la plus haute estime pour la valeur et la bravoure de l'armée française, la reconnaissance de la vaillance et de l'héroïsme même des défenseurs de Châteaudun, quoique les auteurs des historiques eussent été autorisés d'être très irrités contre cette défense inutile qui a fait perdre à la 22e division une centaine de soldats braves et valeureux. De l'autre côté, rien que des outrages et des invectives.

Je ne puis aspirer à l'honneur de me faire le champion de l'armée allemande, mais, comme ancien officier, je revendique le droit de repousser énergiquement les injurieuses calomnies lancées contre mes camarades d'antan.

Ce qui vient de se passer, est très fâcheux. Ne suffit-il pas que nos terribles armes à précision et à grande portée rendent les guerres d'aujourd'hui plus sanglantes que jamais, faut-il encore déchaîner les haines des peuples pour les rendre féroces et sauvages?! **Châteaudun devrait être un avertissement à tous ceux qui excitent les passions des populations.**

La guerre franco-allemande de 1870 et 1871 était un duel loyal entre la France et l'Allemagne.

Le destin a voulu qu'après une lutte héroïque la France succombât. Pourquoi n'en accepte-t-elle pas courageusement les conséquences?

En 1813, 1814 et 1815, c'étaient les armées coalisées qui ont gagné les victoires, en 1870 et 1871, c'était la première fois que l'Allemagne seule, cette Allemagne que Metternich se plaisait à appeler une notion géographique, cette Allemagne maltraitée durant des siècles à bon plaisir par la France, ait mesuré ses forces avec la France et soit sortie victorieuse de cette lutte gigantesque. **C'est cette idée que les Français ne supportent pas.**

D'autres grandes puissances, la Russie et l'Autriche, ont été, dans la seconde moitié de ce siècle, dans une situation analogue, sinon pire.

Le traité de paix de Paris avait imposé à la Russie des conditions bien plus dures que le traité de Francfort à la France. Non seulement la Russie fut contrainte de céder une partie de son territoire, d'être éloignée des bouches du Danube, de renoncer à sa position prépondérante dans les principautés danubiennes, mais on lui a octroyé de plus la neutralisation de la mer Noire et l'engagement de ne conserver ni élever sur le littoral de cette mer, aucun arsenal militaire maritime et d'y restreindre sa flotte à dix bâtiments d'un armement et tonnage inférieurs. Et néanmoins nous avons vu que la Russie n'en a pas porté rancune à la France, promotrice de la guerre de Crimée. Quelques mois après le rétablissement de la paix, le duc de Morny, au couronnement du Tsar Alexandre II, fut le plus courtisé de tous les ambassadeurs. C'est depuis ce temps que la retenue de la Russie, qui existait pendant toute la durée de la Monarchie de juillet et les premières années du second Empire, a cédé à des sentiments plus amicaux.

Après la guerre d'Italie, en 1859, la France a arraché à l'Autriche une de ses plus belles provinces, et en 1866 elle s'est fait céder la Vénétie pour la passer à l'Italie. Un an après, les empereurs François-Joseph et Napoléon III ce sont serré les mains à Salzbourg.

On se plait, en France, à parler d'une France mutilée, on cherche à se persuader que le prestige de la France ait diminué depuis la perte de l'Alsace-Lorraine. Est-ce réellement le cas?

Ni sous la Restauration ni sous la Monarchie de juillet, la France n'a occupé dans le concert des puissances une position aussi influente que sous la troisième République. Ce n'est que sous les deux Napoléon que son ascendant prépondérant sur les autres grandes puissances était incontesté. Par l'occupation de la Tunisie et les conquêtes du Tonkin et de Madagascar, elle a augmenté son territoire de plusieurs milliers de kilomètres et s'est créé, d'une position européenne qu'elle avait auparavant, une position universelle. Son armée n'a été, depuis Napoléon Ier, ce qu'elle est aujourd'hui, ni en nombre ni en perfection.

Ce n'est donc pas dans la diminution supposée de son prestige qu'il faut chercher la cause de ces excitations continuelles à la revanche, **mais dans son amour-propre blessé** qui se révolte et l'empêche d'accepter les conséquences d'une guerre malheureuse.

Notre chevaleresque Empereur, dans sa haute sagesse, la nation et nos gouvernements, n'ont cessé, pour le maintien de la paix, de témoigner à la France les sentiments les plus conciliants. Nous l'avons aidée dans ses aspirations coloniales, nous nous évertuons d'entretenir les meilleurs rapports avec les autorités françaises et surtout avec ses représentants diplomatiques, notre Empereur lui témoigne courtoisement ses sympathies à l'occasion d'événements heureux ou tristes, nous avons maintes fois reprimé les bouillonnements de notre courroux lorsque le parti chauviniste a décoché contre nous ses flèches vénéneuses. Mais il y a **un point** intangible en nous, **c'est notre armée. Qu'on n'y touche pas!**

Notre armée est le cœur de la nation dont les pulsations se font sentir jusque dans la plus petite chaumière. Les Allemands sont un peuple éminemment paisible, mais en même temps éminemment guerrier. Ils ne cherchent pas la guerre, mais ils tiennent à tout temps la main à l'épée et la mèche allumée près du canon. L'Empereur Guillaume II est fils de sa nation et de plus un Hohenzollern, un rejeton de cette race si choyée par le Dieu des batailles. Si Frédéric-le-Grand était le premier serviteur de son pays, Guillaume II est le premier soldat de son armée. L'armée l'adore, elle sent que lui aussi la mènera à la victoire. Si en 1870 la France a rencontré pour la première fois l'armée allemande unie, elle se trouvera la prochaine fois en face de toute la nation en armes, et si elle va de ce train, il se pourrait bien, qu'après s'être couchée en pleine paix, elle se réveillât le lendemain en pleine guerre.

La politique aussi a ses ironies. Durant plus de soixante ans, la Prusse et la Russie ont été le plus intimement liées, non seulement par des liens de famille les plus étroites, mais aussi par une communauté de politique. Dans la question de la Pologne, on marchait d'accord ; lors de la guerre de Crimée, la Prusse était restée la seule amie de la Russie. C'est la Prusse qui a facilité, à la conférence de Londres, en janvier 1871, l'annulation des stipulations onéreuses du traité de Paris concernant la mer Noire. C'est la Prusse encore qui a fait, lors de la dernière guerre russo-turque, tous les efforts pour que cette guerre restât localisée entre la Russie et la Turquie, c'est-à-dire que l'Angleterre n'y prît pas part à côté de la Turquie. Eh bien, il a suffi, en 1875, quoi que M. le duc de Broglie en dise dans son article : « La mission de M. de Gontaut Biron à Berlin », d'une intrigue habilement tramée et des ressentiments subséquents du Prince Gortschakoff contre le Prince Bismarck, pour ébranler la confiance de la Russie et pour l'éloigner de l'Allemagne pour un nombre d'années. Heureusement le chancelier de l'Empire allemand parvint à convaincre le Tsar Alexandre III de la mystification dont feu son père avait été victime, preuve le traité de neutralité dont les révélations récentes dans les *Hamburger Nachrichten* (Nouvelles de Hambourg) ont fait tant de bruit.

Depuis l'indépendance de la Roumanie et des Etats balcaniques, la politique russe a dû nécessairement changer, et la politique de l'Autriche aussi. Tant que ces Etats étaient géographiquement sous la suzeraineté de la Turquie et politiquement sous l'influence de la Russie, l'Autriche devait voir de mauvais œil chaque succès de la Russie de ce côté-là. Aujourd'hui, l'indépendance de ces Etats la garantit contre les surprises de la Russie, et quand celle-ci sera un jour maîtresse du Bosphore, l'Autriche n'en sera touchée qu'indirectement, car la possession de la Bosnie et de l'Herzégovine, ainsi que la nouvelle ligne de chemin de fer qui, partant de ces provinces, aboutit à Salonique, lui assure, pour l'importation et l'exportation des marchandises, la route la plus courte vers la mer Egée. **La Russie est**, le jour de la débâcle de la Turquie en Europe, **l'héritière légitime**, je ne dis pas de la Roumélie, mais de **Constantinople**. C'est la Russie qui a ébranlé dans ses gonds l'empire turc en joignant dans sa lutte, deux fois séculaire, aux armes de guerre les armes spirituelles. C'est l'Eglise orthodoxe qui a vaincu le Croissant en soutenant l'Eglise grecque à Constantinople et en secourant les nombreux couvents en Bulgarie, en Serbie et en Monténégro où le chef de l'Eglise était en même temps le chef de l'Etat. Les couvents étaient les refuges de la population subjuguée et exaspérée des exactions cruelles des pachas. C'est le moine qui a conservé à cette population sa foi et son courage physique et moral en l'exhortant à rester fidèle à la religion de ses pères, en lui parlant de ses héros du temps de gloire de ces pays et en lui faisant entrevoir un affranchissement certain. Ce n'est donc que tout juste que la Russie récolte le fruit qu'elle a semé. Constantinople tombera dans le giron de la Russie comme la Bosnie et l'Herzégovine sont tombées dans le giron de l'Autriche, et la Tunisie dans le giron de la France. Du côté de l'Allemagne et de l'Autriche la Russie n'a absolument rien à craindre. Elle sait aujourd'hui qu'elles ne convoitent pas un seul kilomètre carré du territoire russe.

Le temps où la Russie a cru, pour ses projets européens, avoir besoin de la France est passé.

Le grand problème de la Russie, pour le présent et pour l'avenir, est en Asie, où, depuis la guerre sino-japonaise, son immense position lui impose des devoirs autrement impérieux que ceux en Europe. Mais là, en Asie, son essor se heurte partout contre les intérêts britanniques ; à l'extrême Orient, en Asie centrale et, le jour où le traité des Dardanelles sera déchiré, au canal de Suez et à la mer Rouge. C'est à l'extrême Orient et au canal de Suez que les intérêts de la Russie et de la France coïncident. La France aussi se heurte à l'extrême Orient et au canal de Suez (Egypte) contre l'Angleterre. C'est, par conséquent, en Asie que la Russie et la France ont besoin l'une de l'autre. Mais pour ne pas être gênée dans ses grands projets asiatiques, il faut que la Russie ait le dos libre, c'est-à-dire que ses forces ne soient pas paralysées par la perspective d'une guerre sur sa longue frontière austro-germanique et qu'elle puisse en disposer en toute liberté.

La Russie ne s'engagera pas à son préjudice dans une guerre en Europe qui ne ferait que les intérêts de la France, et pour cette raison, elle n'enverra pas un seul soldat au delà de ses frontières pour aider la France dans une guerre de revanche.

Le Tsar Nicolas II professe indubitablement des sentiments très amicaux pour la France, mais il **ne déviera pas un instant de ses devoirs pour les intérêts de la Russie.**

Quelles que soient les espérances de la France en la Russie, il faudra tout de même qu'elle compte avec cette circonstance.

Mais quand même l'Allemagne serait attaquée simultanément par la Russie et par la France, elle est toute préparée à faire face des deux côtés. Les Allemands ne craignent que Dieu !

C'est peut-être la première fois qu'une voix allemande, pas malveillante, parle à la France ainsi, — pour le bien des deux pays, je désirerais de tout mon cœur qu'elle y fût comprise.

Recevez, Monsieur le Rédacteur en chef, l'expression de ma considération très distinguée.

BARON DE STEIN.

Depuis que cette lettre a été écrite, la nomination du comte Mouraview à la gérance du Ministère des affaires étrangères en Russie et son voyage à Paris et à Kiel sont survenus. Ces événements confirment ce que j'ai dit : le Tsar Nicolas poursuit la ligne de conduite qu'il s'est tracée et ne déviera pas un instant de ses devoirs pour la Russie.

Que M. Chichkine ou le comte Mouraview soit à la tête du département extérieur, c'est tout la même chose. Ils ne sont que les interprètes de la politique de leur auguste maître, le Tsar, et celui qui l'interprète mal doit céder sa place.

Si avant son élévation à la haute dignité qu'il occupe aujourd'hui, le comte Mouraview a eu, comme on l'a dit, peu de sympathies pour l'Allemagne, ce qui du reste est fort contesté, il a démontré ostensiblement que pour le ministre russe les sentiments personnels ne comptent pas et qu'il n'y a pour lui qu'une seule gouverne : la volonté du Tsar.

Il est tout naturel qu'il allât d'abord à Paris pour s'expliquer avec le gouvernement de la République sur la marche commune à tenir dans la question turque, et qu'après seulement il se rendît à Berlin et à Kiel pour présenter ses hommages à l'Empereur Guillaume et pour s'assurer des bons offices de l'Allemagne, dont la coopération dans cette question grave est désirée par les deux gouvernements.

L'attitude du comte Mouraview, durant ce voyage, était d'une correction exquise, et celle du gouvernement français, à cette occasion, n'était pas moins irréprochable envers l'Allemagne. Il s'est abstenu de tout ce qui aurait pu froisser ses sentiments.

C'est avec plaisir que je constate ce bon effet de l'influence russe, et j'espère que la reconnaissance de la communauté d'intérêts qui existe en maintes questions entre la France et l'Allemagne, prévaudra à l'avenir aux ressentiments fâcheux du passé.

La France subit dans ce moment les conséquences de sa politique fautive en faisant d'une guerre de revanche espérée le pivot de ses actions politiques. C'est ce qui l'a jetée dans les bras de la Russie d'où ressort sa position embarrassante actuelle. Ou elle doit rompre avec sa politique traditionnelle en Turquie, ou elle doit se mettre en opposition avec la Russie. Dans les deux hypothèses, elle devra renoncer à ses velléités concernant l'Allemagne ou, tranchons le mot, concernant l'Alsace-Lorraine. Dans la première hypothèse, la Russie se garderait néanmoins, malgré tout le prix qu'elle mette à l'entente intime avec la France, de s'emballer, à présent et pour longtemps, dans une guerre avec l'Allemagne par les raisons que j'ai indiquées plus haut, — et dans la seconde hypothèse, la France trouverait la Russie à côté de l'Allemagne. Pour ne pas compromettre cette entente intime, la France vient de renoncer, pour le moment, à ses aspirations en Egypte, et il faudra, tant bien que mal, qu'elle s'accomode aux vues de la Russie dans la question turque. La France, par conséquent, a perdu, dans le cas présent, sa liberté d'action, et elle ne la recouvrera que le jour où le cauchemar d'une guerre de revanche ne pèsera plus sur les Français, quoiqu'elle doive toujours user de grands égards pour la Russie à cause des énormes capitaux français qui y sont engagés.

On voudrait en France et en Angleterre que l'Allemagne rompît son mutisme. Si elle cédait à ce désir, elle sortirait de sa position avantageuse, et elle n'a aucune raison pour cela. Au moment psychologique elle parlera sans doute et sa voix fera pencher la balance. Il ne tient qu'à la France que ce soit en sa faveur.

Meiningen, 10 février 1897.   S.

14